DC COMICS™
SUPER HEROES

Tú Elig[illegible]

BATMAN™

El secuestro de ENIGMA

Batman creado por Bob Kane con Bill Finger

texto de
Blake Hoena

ilustrado por
Ethen Beavers

LABERINTO

EDLA 35979

Título original: *The riddler's ransom*
Texto original: Blake Hoena
Ilustraciones: Ethen Beavers
Traducción: Jorge Loste Campos
Publicado bajo licencia por
Ediciones del Laberinto, S. L., 2016
ISBN: 978-84-8483-825-8
Depósito legal: M-4479-2016
Impreso en España
EDICIONES DEL LABERINTO, S. L.
www.edicioneslaberinto.es

⇐ TÚ ELIGES ⇒

BATMAN™

Durante la celebración de un evento solidario en Gotham, Enigma secuestra a hombres de negocios y pide rescates millonarios.

¡Solo TÚ puedes ayudar al Caballero Oscuro a resolver los acertijos de los secuestros de Enigma!

Sigue las instrucciones que encontrarás al final de cada página. Las decisiones que TÚ tomes cambiarán el curso de la historia. Cuando termines uno de los caminos, ¡vuelve atrás y lee el resto para descubrir más aventuras de Batman!

Las personas más acaudaladas y poderosas del mundo están reunidas en el mirador de la Torre Wayne. Príncipes y princesas socializan con inversores de Wall Street, y empresarios sudamericanos alardean delante de filántropos europeos. En un corrillo, ingenieros norteamericanos y asiáticos charlan sobre nuevas tecnologías.

Aburrido de todos ellos, el billonario Bruce Wayne se aparta del grupo y observa los ventanales del techo del salón de celebraciones. A sus pies relucen las luces de neón que iluminan Gotham. Pero echa en falta una luz en particular en la noche: la Batseñal encima de la comisaría.

Pasa la página.

Bruce casi desearía que se encendiera el foco. La Batseñal sería una excusa perfecta para escabullirse de esa velada llena de remilgados, no en vano su identidad secreta es Batman... el Caballero Oscuro. Él se encarga de que las calles de Gotham sean seguras.

En noches como esa, preferiría vagar por los callejones de la ciudad, plagados de criminales, antes que codearse con la élite mundial. Las fechorías de los delincuentes son más fáciles de sobrellevar que los caprichos de los ricos y famosos.

—Señor Wayne —Alfred interrumpe sus reflexiones—. Ha llegado el momento de que todos sus invitados tomen asiento.

Bruce se gira hacia su fiel mayordomo.

—Muy bien Alfred —le contesta.

—Señor, ¿tiene usted preparadas unas palabras para dar comienzo a la velada? —le pregunta el mayordomo.

La cara atónita de Bruce es una respuesta lo suficientemente elocuente. Alfred mete la mano en el bolsillo de la chaqueta de su uniforme y saca un montón de tarjetas con anotaciones.

—Quizá esto le resulte útil —afirma pasándole las notas.

—Gracias —contesta Bruce.

No está muy seguro de por qué está tan nervioso esa noche en particular. Después de todo, ese evento fue idea suya: un banquete con el fin de recaudar fondos para la Fundación Martha Wayne. La organización, llamada así en honor a su madre, ayuda a criar y pagar los estudios de niños sin recursos de Gotham.

Bruce ha invitado a sus amigos millonarios para recabar donativos que permitan expandir los objetivos de la fundación por todo el mundo. A lo mejor, simplemente está estresado porque sabe lo importante que es el éxito de la fundación para él.

O a lo mejor hay otra razón.

Bruce mira rápidamente alrededor del salón. Los invitados ocupan los asientos que les han sido asignados en las mesas. Los camareros están dispuestos en pequeños grupos a lo largo de las paredes exteriores del salón, pero le extraña que no rellenen las copas de sus invitados. Aunque, por otro lado, mejor así... el tintineo de las copas podría resultar molesto durante el discurso.

Bruce se dirige a un pequeño atril en el centro del salón.

Encima del escenario hay instalada una pantalla de vídeo enorme, que empleará para mostrar los donativos de sus invitados durante el evento.

Todos los ojos están puestos en él mientras cruza la sala dando largas zancadas. En su camino hacia el atril, Bruce ordena las notas y se aclara la garganta. Quiere empezar el discurso con un chiste que sea la bomba.

Pero, de repente…

¡KA-BUUM!

Antes de que Bruce llegue al escenario, una explosión revienta el techo y deja al descubierto el cielo nocturno sobre la tarima.

Pasa la página.

Bruce se tambalea retrocediendo, los escombros que caen del techo están a punto de sepultar al billonario... se protege la cara con los brazos. Oye como la gente tose y grita a su alrededor, pero es incapaz de ver nada por culpa de la densa polvareda.

Cuando la nube se asienta, un hombre se yergue sobre el escenario... viste un traje verde y empuña un bastón con forma de signo de interrogación.

¡Es Enigma!

Pasa a la página 10.

El criminal más inteligente del mundo se mueve de acá para allá por el escenario, escrutando al público con una sonrisa endiablada. Acto seguido, Enigma se dirige al atril de forma decidida y carraspea con el micro entre la manos.

—Probando, probando. ¿Está encendido este trasto? —dice el supervillano, dándole golpecitos al micro.

El micrófono se acopla y chirría a todo volumen por los altavoces del salón de actos, obligando a los invitados a taparse los oídos.

—Bien... ahora que tengo su atención —comienza Enigma—. Vaya, vaya... ¿a quién tenemos por aquí esta noche? —El villano contempla al público de nuevo—. Nada menos que a la gente más rica y famosa del mundo. Menos mal que me he vestido acorde con la ocasión —continúa, acariciando su pajarita negra con un signo de interrogación verde bordado.

Mientras tanto, Bruce se aleja del centro de la sala y se mezcla entre el público. No quiere atraer la atención, prefiere enterarse de las intenciones de Enigma antes de actuar.

Al hacerlo, Bruce advierte que los camareros se han quitado los esmóquines negros y las pajaritas blancas.

Debajo llevan camisetas púrpuras con enormes signos de interrogación de color negro en el torso.

«Son los esbirros de Enigma», deduce Bruce.

Los bandidos abandonan sus posiciones en los laterales y se dispersan entre las mesas para patrullar la sala. En cuanto alguien intenta levantarse, inmediatamente lo vuelven a sentar de un empujón. Algunas personas intentan correr hasta una puerta, pero los criminales ya se han apostado en todas las salidas.

Bruce se abre camino lentamente hasta el final de la estancia. Intenta decidir su próximo movimiento.

Se topa con Alfred por sorpresa en la pared del fondo, cerca de la puerta de la cocina.

—¿De dónde has sacado esta empresa de *catering?* —pregunta el billonario a su leal mayordomo.

—*Online...* —replica Alfred—. El chef tiene unas referencias magníficas, un tal Andy Vinnanza.

—Umm —Bruce reflexiona en voz alta unos instantes—. ¿Has dicho *a-di-vinanza?* ¡Enigma!

—Bueno, yo... —tartamudea Alfred—. Usted quería cocina fusión de diferentes partes del mundo, ¡y su pasta *kimchi* está de muerte!

—Esperemos que te equivoques en eso último... —le corrige Bruce.

Si Bruce se queda para descubrir qué planea Enigma, pasa a la página 12.
Si Bruce se escabulle para convertirse en Batman, pasa a la página 30.

Conociendo a Enigma, Bruce prefiere no desaparecer ni un solo instante... al menos de momento. Sabe que todo tiene que formar parte de un plan rocambolesco, mantenerse cerca de la acción es la mejor forma de descubrir las intenciones del villano.

—Seguramente todos se estarán preguntando por qué les honro con mi presencia —dice Enigma, pavoneándose lentamente por el escenario y dando vueltas a su bastón—. Pues es muy sencillo.

El supervillano se dirige a la gran pantalla del escenario, que resplandece con varias luces parpadeantes. Muestra cinco barras rojas con símbolos verdes de dólar al lado.

—Teniendo en cuenta que son algunas de las personas más poderosas y ricas del mundo, y que están dispuestas a vaciarse los bolsillos en nombre de la solidaridad —explica Enigma—. He supuesto que querrían contribuir con mi causa favorita... ¡Yo!

Enigma se quita su bombín verde y lo alza en el aire.

—Ahora todo lo que necesito es un voluntario. ¿Nadie se ofrece...?

Los invitados se quedan en silencio. Muchos se hunden todavía más en su silla, intentando que el loco del escenario no se fije en ellos.

—¿Nadie? —pregunta Enigma—. Bueno, entonces supongo que tendré que escoger yo.

Enigma dirige a su banda con el bastón. Los criminales empiezan a rodear a la multitud. Enseguida, atrapan a un tipo alto por la solapa del traje.

—Demasiado alto —grita Enigma desde el escenario.

Otro compinche apunta hacia una mujer de poca estatura sentada en una mesa cercana.

—Demasiado bajita —señala Enigma.

De improviso, dos bandidos sujetan a Bruce por los brazos. Forcejea durante unos instantes, sabe que podría sobreponerse a ambos. Pero entonces alguien podría descubrir su identidad secreta: el Caballero Oscuro.

—Ah —dice finalmente Enigma—. Perfecto.

A petición de su jefe, los dos secuaces arrastran a Bruce hasta la parte delantera del escenario.

—Nuestro anfitrión, Bruce Wayne. Por favor, hágame los honores —dice Enigma con una reverencia—. Voy a tener que extraer papelitos con nombres de mi sombrero. Aquellos lo suficientemente afortunados como para salir escogidos, se unirán a mí para pasar una noche en la ciudad.

El villano se ríe y baja el sombrero hacia Bruce, aunque lo retira justo cuando está a punto de coger uno de los papeles. Bruce se queda perplejo ante el plan del supervillano.

—No obstante la cosa tiene truco —dice Enigma—. Los que se queden aquí tendrán que recaudar un millón de dólares cada media hora, que controlaré gracias a este monitor. Señala la es-

Pasa la página.

quina superior derecha de la pantalla, donde se muestra un cronómetro.

—Cada vez que se alcance un objetivo, dejaré libre a uno de mis rehenes. De lo contrario… bueno… ya hablaremos de eso más tarde.

Enigma acerca su sombrero a Bruce, pero de nuevo lo retira justo cuando está a punto de meter la mano.

—Oh… y si alguien intenta huir antes de que acabe la partida —amenaza Enigma— habrá consecuencias *explosivas.*

Enigma vuelve a bajar su sombrero. Esta vez Bruce se le queda mirando.

—Ya no lo aparto más… lo prometo —dice Enigma.

Bruce saca un trocito de papel y lee en alto, *Tai Nakamura.*

«Un desarrollador de videojuegos de última generación», piensa Bruce recordando a uno de sus invitados más acaudalados.

Dos de los secuaces de Enigma levantan de su asiento a empujones a un hombre alto y delgado, y le arrastran fuera del salón. Acto seguido, la fotografía de Tai aparece sobre una de las barras coloradas en el monitor.

Bruce extrae tres nombres más y otros tres invitados son aislados, pasando a figurar en el monitor de Enigma.

—Por favor —le ruega Bruce— esa gente no tiene por qué verse involucrada en esto. Tómame a mí en su lugar, Enigma. Yo puedo conseguirte todo el dinero que puedas desear.

—Por ser tan servicial, Sr. Wayne, acabo de decidir que, como recompensa, va a ser usted el quinto y último de mis invitados —anuncia Enigma.

Dos esbirros aferran a Bruce por los brazos, le sacan al vestíbulo y lo arrastran dentro del ascensor. Descienden a la sala de recepción de la Torre Wayne.

Si Bruce intenta escapar ahora, pasa a la página 16.
Si Bruce continúa con los planes de Enigma, pasa a la página 18.

Bruce cuenta con poco tiempo mientras el ascensor desciende, pero es el momento perfecto para actuar. Tiene que escaparse para desbaratar los planes de Enigma antes de que sea demasiado tarde.

Los maleantes que tiene a cada lado miran al frente. En apenas unas centésimas de segundo, Bruce le pega un codazo a uno en la barriga y derriba al otro de un golpetazo. En un momento, los dos tipos yacen inconscientes y la pelea ha terminado.

El Caballero Oscuro abre la trampilla de energencia del techo del ascensor. Aprovechando sus dotes marciales, salta y se aferra a los bordes de la abertura. Se eleva y se sitúa encima del ascensor.

Cuando se abre el ascensor en el vestíbulo inferior, los otros componentes de la banda se quedan pasmados al ver a dos de los suyos doloridos en el suelo.

***

Después de escalar por la salida de emergencia más próxima, Bruce se encamina raudo a su oficina en los pisos superiores de la Torre Wayne.

Hay un busto de William Shakespeare en un estante de una esquina de su despacho. Bruce lo desplaza para dejar al descubierto un botón rojo. Lo aprieta.

¡EFWIP!

Se desliza una compuerta secreta detrás de la mesa del despacho, revelando un Bat-traje de emergencia.

Pasa a la página 32.

Se abre la puerta del ascensor y los secuaces llevan a Bruce rápidamente hasta una larga limusina verde, que espera aparcada justo enfrente del edificio. Lo empujan al interior y cierran de un portazo.

Bruce se sienta inmóvil y en silencio, todavía intentando asimilar todo lo que está sucediendo.

De improviso, se abren los pestillos de las puertas con un «clik». Inmediatamente se abre una puerta delantera, pero no puede ver quién entra en el vehículo ya que la mampara de separación está cerrada. Sin embargo, Bruce presiente que el coche se balancea por el peso de dos personas tomando asiento.

Al instante, la limusina sale zumbando.

Las ventanas están tintadas y Bruce no puede ver nada, aun así el superhéroe secreto lleva la cuenta de los giros y cambios de sentido que hace el vehículo.

En un momento dado, el auto se alza lentamente y después vuelve a descender.

«Debemos de estar atravesando un puente», piensa Bruce. «Quizá se trate del Puente Sprang.»

Además, también se percibe un ligero aroma a sal marina en el ambiente y ha escuchado el toque de sirena de un barco remolcador.

Cuando finalmente se abre la puerta, Bruce es recibido con una pistola eléctrica.

—Fuera —le ordena.

Bruce tiene que decidir apresuradamente si intenta escapar o si continúa siguiéndole la corriente a sus captores.

Si Bruce intenta escapar ahora, pasa a la página 20.
Si Bruce le sigue el juego a sus captores, pasa a la página 23.

Bruce ya está harto de jueguecitos. Ha llegado el momento de entrar en acción. Es la hora de convertirse en Batman y frustrar los planes de Enigma.

Cuando sale del coche, Bruce simula tropezarse hacia delante. Un matón se adelanta para sujetarle pero, justo entonces, Bruce le suelta un directo y deja al bribón tambaleándose hacia atrás.

¡POW!

Pasa a la página 22.

Bruce está a punto de noquear al tipo, pero recibe la sacudida de una pistola eléctrica en las costillas.

¡ZAP! ¡ZAP! ¡ZAP!

Bruce se había olvidado del otro esbirro, que ahora se mantiene a distancia y empuña una pistola eléctrica chispeante.

Bruce cae al suelo, retorciéndose de dolor. Ya nunca logrará recuperarse a tiempo para detener a Enigma.

—Se suponía que no debíamos electrocutarle. —Le dice el primer bandido, a la vez que se restriega el mentón dolorido.

—Al fin y al cabo, eso es mejor que lo que Enigma tenía planeado para él.

FIN

Para seguir otro camino, vuelve a la página 5.

Bruce sale del coche. Cuando lo hace, ve que el segundo esbirro le tiene encañonado con una pistola eléctrica. Además, está situado fuera de su alcance. No hay forma de que Bruce pueda ocuparse de los dos delincuentes, sin que antes uno de ellos logre electrocutarle. El superhéroe encubierto se ve obligado a seguirles la corriente.

Mirando alrededor, Bruce descubre que está en el Puerto Deportivo Roger's. Lo conducen hasta uno de los yates: La Orquídea. Lo arrastran bajo cubierta.

—¡Siéntate! —ordena uno de los individuos.

Una pequeña silla de madera es el único mueble en el camarote. Bruce toma asiento. Mientras un criminal lo apunta con su arma, el otro le ata con una cuerda a través del pecho, los brazos y le amarra las manos a la espalda.

A un lado, Bruce ve un monitor apagado unido por cables a un teclado y un maletín negro.

Antes de irse, uno de los secuaces tira una nota doblada sobre el regazo de Bruce.

—Activa la bomba —comunica el otro por teléfono. El monitor se enciende y muestra unos dígitos con luces blancas: 0:10.

Bruce entra en acción en cuanto se queda a solas. Se postra hacia adelante en la silla y coloca sus piernas contra el suelo, doblándolas completamente. Después, salta hacia arriba con todas sus fuerzas. Cuando cae, desplaza el peso del cuerpo para que la silla soporte toda la fuerza del impacto. La madera se res-

Pasa la página.

0:08

quebraja debajo de él. Apresuradamente, se desata y se sacude las astillas.

Libre de ataduras, Bruce lee la nota:

¿SIEMPRE CORRE Y NO SE CANSA NUNCA?
¿QUÉ ES?

«Un acertijo», piensa. «Sin duda, lo han dejado aquí para Batman.» A continuación, Bruce enciende el monitor que está unido al maletín y al teclado.

«Esto debe de ser de algún tipo de artefacto explosivo», intuye. Antes de alcanzar el monitor, los números inician la cuenta atrás.

—Un sensor de movimiento debe de haber puesto en marcha el dispositivo —maldice entre dientes.

Hay un teclado, así que supone que debe introducir la solución correcta al acertijo de la nota. Los segundos siguen descontándose: 0:05… 0:04…

Si Bruce teclea «NUDO», pasa a la página 29.
Si Bruce teclea «AGUA», pasa a la página 26.

0:03…

Bruce teclea «AGUA». Cada letra se enciende justo debajo del cronómetro en el monitor.

0:02…

Pulsa precipitadamente la tecla *Enter.*

De pronto, la cuenta atrás se detiene.

No sucede nada.

La respuesta es correcta.

«El agua siempre corre y nunca se cansa, como la que sale por el grifo», razona Bruce.

A pesar de no llevar puesto todavía su uniforme de Batman, Bruce sí que cuenta con un diminuto sistema de telecomunicaciones oculto en su reloj de pulsera.

—¿Alfred? —susurra al aparato.

Pasan varios segundos. Luego escucha una voz ahogada.

—A la orden, señor —responde el mayordomo.

—¿Qué está sucediendo allí? —pregunta Bruce.

—Señor, esto es un completo caos —contesta Alfred—. Poco después de que se lo llevaran a usted, Enigma también se marchó. Entonces, todo el mundo empezó a discutir acerca de si es razonable o no pagar para que liberen a los secuestrados.

—Necesito que venga a recogerme el Batmóvil —le pide Bruce.

—Lo he activado de forma remota —le informa Alfred—. Está configurado para localizar esta señal y ya se dirige directamente hacia usted.

Pasa a la página 28.

Bruce sube como una centella por las escaleras hasta la cubierta del yate. Ve un par de faros acercándose a toda velocidad en la distancia, le resultan familiares.

Justo en ese preciso instante, Bruce oye el rugido del motor de alta potencia que se aproxima por los muelles.

¡BROOOM! ¡BROOOM!

¡Es el Batmóvil!

Ha llegado el momento de que su *alter ego* salga a jugar con Enigma.

Pasa a la página 38.

0:03...

Bruce teclea «NUDO», pensando en un nudo corredizo. Cada letra se enciende justo debajo del cronómetro en el monitor.

0:02...

Pulsa precipitadamente la tecla *Enter.*

0:00...

Súbitamente, todos los números se convierten en ceros y comienzan a parpadear.

«Respuesta incorrecta», es lo último que pasa por la cabeza de Bruce.

Apenas tiene el tiempo justo para escapar de la embarcación antes de que estalle. La explosión forma una gran bola de fuego que ilumina la noche. Mientras esté ocupado limpiando todo ese desastre, Enigma seguirá libre.

FIN

Para seguir otro camino, vuelve a la página 5.

Mientras todo el mundo está pendiente de Enigma, Bruce se escabulle rápidamente por una de las puertas de servicio y entra en la cocina. Está vacía porque todos los camareros se encuentran en el salón.

A continuación, Bruce se encamina a su oficina en los pisos superiores de la Torre Wayne.

Hay un busto de William Shakespeare en un estante de una esquina de su despacho. Bruce lo desplaza para dejar al descubierto un botón rojo. Lo aprieta.

¡BIIP!

Se desliza una compuerta secreta detrás de la mesa del despacho, revelando un Bat-traje de emergencia.

Ya convertido en el Caballero Oscuro, el superhéroe está listo para enfrentarse a Enigma.

—Alfred, ¿estás ahí? —dice Batman, empleando el micrófono y los auriculares de su capucha.

Pasan unos segundos, después escucha una voz amortiguada.

—Estoy aquí, señor.

—¿Cómo están los invitados? —pregunta Batman—. ¿Está todo el mundo bien?

—No... son presa del pánico, señor —contesta Alfred—. Poco después de que usted desapareciera, Enigma se llevó a cinco invitados como rehenes. Pide un rescate de un millón de dólares cada media hora a cambio de su libertad.

—¿Continúa él allí? —pregunta Bruce.

—No, se fue hace unos instantes.

Pasa a la página 33.

Por fin transformado en Batman, ahora se siente preparado para enfrentarse a Enigma.

—Alfred, ¿estás ahí? —dice Batman, empleando el micrófono y los auriculares de su capucha.

Pasan unos segundos, después escucha una voz amortiguada.

—Estoy aquí, señor.

—¿Han descubierto mi fuga? —pregunta Batman.

—Sí, un par de esbirros de Enigma entraron a la carrera poco después de que se lo llevaran —contesta Alfred.

—¿Continúa él allí?

—No, se fue hace unos instantes, llevándose al quinto secuestrado.

Pasa a la página 33.

Mientras habla con Alfred, Batman sigue en acción. Encuentra una ventana sobre la entrada delantera, en la calle ve aparcada una limusina larga y verde.

«Tiene que ser de Enigma», discurre.

El Caballero Oscuro saca un pequeño láser de su Batcinturón y corta una pequeña circunferencia en el cristal. A continuación, a través del agujero, dispara a la limusina un dispositivo de alta tecnología que ha extraído de su Batcinturón.

—Voy a necesitar el Batmóvil —dice Bruce por el sistema de telecomunicaciones.

—Ya lo he activado de forma remota, señor. Está de camino —le asegura Alfred.

***

Apenas unos minutos más tarde, el Caballero Oscuro desciende a la recepción de la Torre Wayne justo cuando el Batmóvil aparca frente al edificio. La puerta se abre sola y el superhéroe salta al asiento del piloto. Manipula los mandos del panel de control del vehículo de alta tecnología y una pantalla se enciende frente a él.

El monitor del panel de mandos muestra con detallados gráficos un mapa de Gotham. Una luz verde parpadea a lo largo del callejero: es el dispositivo de seguimiento que ha colocado en la limusina de Enigma.

Pasa a la página 35.

WAY

El vehículo transita en dirección norte por el Puente Sprang, parece dirigirse hacia el Puerto Deportivo Roger's.

¡BROOOOOOOOOOOM!

El Caballero Oscuro pisa a fondo el acelerador del Batmóvil. El monstruoso motor del vehículo ruge como un trueno surcando el cielo nocturno. Los neumáticos giran y chirrían mientras Batman se adentra a toda velocidad en la oscuridad.

Cuando se encuentra en las proximidades del Puerto Deportivo Roger's, el Caballero Oscuro apaga los faros del Batmóvil. Deja que el coche se detenga lentamente, oculto en las tinieblas detrás de la limusina verde.

No hay nadie a la vista.

El superhéroe sale a investigar, el automóvil está vacío.

El chirriar del casco de una embarcación rozando contra el muelle atrae su atención.

Batman se gira y ve a dos de los esbirros de Enigma. Suben al atracadero desde uno de los yates: La Orquídea. El superhéroe permanece oculto en las tinieblas mientras los dos tipos se aproximan.

Cuando pasan de largo su escondrijo, el Caballero Oscuro entra en acción y emite un silbido para atraer su atención.

—¡¿Cómo?! —exclaman ambos, girándose con el arma en ristre.

Pasa la página.

Desafortunadamente para ellos, el Caballero Oscuro ya tiene la suya a punto. Batman arroja un Batarang con un ágil giro de muñeca.

¡EFWIP! ¡EFWIP!

El proyectil, afilado como una cuchilla de afeitar, silba atravesando el aire. El Batarang impacta antes de que los criminales tengan tiempo de reaccionar. Golpea el arma de uno de los secuaces y, al instante, sale despedido directamente hacia el otro bribón, acertándole también en la mano. Sus armas caen al suelo.

Viendo a sus enemigos desarmados, el Caballero Oscuro se acerca para medirse a ellos en un combate cuerpo a cuerpo. Nadie puede igualar sus dotes para las artes marciales.

¡EZ-WAP!

Una patada en el estómago hace que uno de sus enemigos se tambalee. El otro intenta alcanzar una pistola eléctrica de su cinturón, pero antes de poder siquiera desenfundar... Batman se le echa encima.

¡SMAK!

El Caballero Oscuro le pega un puñetazo en la mandíbula, derribándole de un solo golpe.

Agarra al otro esbirro.

—¿Está Enigma ahí dentro? —pregunta mirando hacia La Orquídea. El villano niega con la cabeza.

—Entonces, ¿quién está ahí? —gruñe el Caballero Oscuro.

—No lo sé... uno de los rehenes.

Eso es todo lo que Batman necesita saber. Saca un par de Batesposas de su Batcinturón e inmoviliza al criminal. Luego, se dirige a toda velocidad hacia el yate.

El superhéroe salta a bordo y desciende al camarote bajo la cubierta. Encuentra a un hombre atado a una silla en el centro de la habitación.

A su derecha, Batman descubre un monitor con luces LED rojas que marcan 0:10. También hay un maletín negro y un teclado empalmados con cables al monitor.

«Una bomba», deduce.

Si Batman intenta primero desactivar la bomba, pasa a la página 40.
Si Batman ayuda al secuestrado en primer lugar, pasa a la página 39.

Ahora, ya convertido en Batman, está listo para enfrentarse a Enigma.

El primer invitado raptado fue Tai Nakamura, uno de los creadores de videojuegos de mayor éxito y más acaudalados del mundo.

«Pero... ¿a dónde se lo habrá llevado Enigma?», se pregunta Batman.

El superhéroe aprieta un interruptor y aparece un mapa de Gotham en la pantalla del Batmóvil. Se centra en la zona norte de la ciudad. Batman sabe perfectamente cómo disfruta Enigma tramando sus jueguecitos, y dejando un rastro de pistas para que lo siga... Así que se le ocurren dos posibles ubicaciones donde podría encontrar a Tai.

Si Batman se dirige a los salones recreativos en La Milla de la Diversión, pasa a la página 45.
Si Batman se encamina a la muestra de orquídeas de los Jardines Botánicos Giordano, pasa a la página 48.

Batman se dirige a grandes zancadas hacia el individuo. El superhéroe comprueba el lugar rápidamente en busca de trampas, pero todo lo que encuentra es una nota en su regazo:

CORRE SIEMPRE Y NO SE CANSA NUNCA ¿QUÉ ES?

Batman echa un vistazo a la bomba... «tiene que tratarse de una pista para desactivarla».

Desata apresuradamente al secuestrado.

—¡Váyase! —le grita mientras se acerca al artefacto explosivo.

De pronto, los dígitos en el monitor comienzan la cuenta atrás.

0:09... 0:08... 0:07...

—Un sensor de movimiento debe de haber activado el mecanismo —maldice el superhéroe para sí mismo.

Hay un teclado, así que deduce que tiene que teclear una respuesta al acertijo de la nota.

Si Bruce teclea «AGUA», pasa a la página 42.
Si Bruce teclea «NUDO», pasa a la página 44.

Batman se dirige hacia el explosivo. De pronto, los números en el monitor comienzan la cuenta atrás.

0:09... 0:08... 0:07...

—Un sensor de movimiento debe de haber activado el mecanismo —maldice.

0:06...

Vuelve a mirar al hombre atado, pero ya no hay tiempo suficiente para sacarle de la embarcación.

0:05...

Mira la bomba de nuevo, tampoco hay tiempo de desactivarla.

0:04...

Batman arranca de la pared el monitor, el maletín y el teclado.

0:03...

El superhéroe sube a cubierta, rápido como un rayo.

0:02...

Coge impulso y lo arroja todo por encima de la borda con todas sus fuerzas.

0:01...

¡KA-BUUM!

El estallido forma un enorme géiser de agua junto al muelle. Batman está a salvo, pero le va a llevar mucho tiempo limpiar todo ese desastre. Mientras tanto, Enigma sigue libre.

FIN

Para seguir otro camino, vuelve a la página 5.

Bruce escribe «AGUA» en el teclado, cada letra se enciende justo debajo del cronómetro en el monitor.

Luego, pulsa precipitadamente la tecla *Enter.*

0:08... 0:07... 0:07...

De pronto, la cuenta atrás se detiene.

No sucede nada.

Era la respuesta correcta. El agua, por ejemplo la que sale por el grifo, siempre corre y nunca se cansa.

Batman sube raudo por las escaleras a la cubierta del yate. El rehén está a salvo en tierra firme.

—Alfred, he rescatado al rehén que se llevaron en último lugar —informa Batman con su sistema de telecomunicaciones—. Pero no hay señal de Enigma.

—¿Qué me dice del resto de secuestrados? —pregunta Alfred—. Sus invitados se han enzarzado en una discusión acerca de quién debería pagar su rescate. Todavía no se ha reunido ni un solo centavo.

—En ese caso, tenemos menos de media hora para salvar a Tai Nakamura. Él fue el primer rehén que se llevaron.

—¿El diseñador de juegos? —pregunta Alfred—. ¿Ha dejado Enigma alguna pista sobre su posible ubicación?

Mientras conversan, el Caballero Oscuro esprinta hacia el Batmóvil.

Batman salta dentro del vehículo de alta tecnología y consulta el mapa de Gotham en el monitor. Se centra en el sector norte de la ciudad.

—Se me ocurren un par de sitios donde ir a buscarle —dice Batman.

Si Batman se dirige a los salones recreativos en La Milla de la Diversión, pasa a la página 45.
Si Batman se encamina a la muestra de orquídeas de los Jardines Botánicos Giordano, pasa a la página 48.

0:03...

Batman teclea «NUDO» en el teclado. Cada letra se ilumina en la pantalla justo debajo de la cuenta atrás.

0:02 ...

Luego presiona *Enter.*

0:00...

Súbitamente, el cronómetro se pone a cero y los números parpadean.

«Respuesta errónea», es lo último que pasa por su mente.

La bomba explota. La metralla destroza el yate y una bola de fuego ilumina el área.

Batman logra salir con vida por los pelos. Flota en el puerto entre los escombros, preguntándose cómo va a conseguir ahora detener a Enigma.

FIN

Para seguir otro camino, vuelve a la página 5.

¡EFWUUUUUUUSH!

El Caballero Oscuro sale a toda velocidad hacia La Milla de la Diversión, donde se encuentra la mayor sala de máquinas recreativas de la ciudad. El salón alberga muchos de los videojuegos desarrollados por Tai Nakamura, así que parece la opción lógica para empezar a buscar.

El Caballero Oscuro apaga los faros y deja que el Batmóvil se detenga lentamente cerca del salón recreativo. Batman salta al exterior y se esconde fugazmente en las tinieblas. A continuación, corre hasta la puerta trasera pero está cerrada con llave.

El superhéroe saca una ganzúa de su Batcinturón, fuerza la cerradura rápidamente y abre la puerta. En el interior, el local está desierto aunque las máquinas siguen encendidas.

Resuenan sirenas, explotan bombas y rugen motores. El sonido es ensordecedor.

Batman examina concienzudamente el salón recreativo en busca de pruebas de la presencia de Tai o Enigma.

Nada.

«Debo de haberme equivocado de sitio», piensa el superhéroe.

Debería haber ido a los Jardines Botánicos Giordano. El nombre del barco en el Puerto Deportivo Roger's: La Orquídea... debía de ser una pista. Enigma no habría dejado a uno de los secuestrados justo en ese barco si no fuera un importante indicio.

Pasa la página.

***

De vuelta en el Batmóvil, Batman sale zumbando hacia los Jardines Botánicos Giordano. A lo largo del trayecto, estudia el mapa del recinto en la computadora del vehículo. Luego, solicita al ordenador que señale la localización exacta de la muestra de orquídeas.

Justo cuando llega al recinto, una explosión destroza uno de los invernaderos. Hace añicos los cristales y alza al cielo una enorme bola de fuego.

«Demasiado tarde», maldice Batman en silencio. «He fallado.»

Justo entonces, el Caballero Oscuro distingue a un hombre moviéndose entre las cenizas. ¡Es Tai Nakamura! Está a salvo.

Batman corre a su lado, sabiendo que la próxima vez puede que no tenga tanta suerte.

Si Batman sigue intentando salvar a los rehenes, pasa a la página 47.
Si los invitados al evento solidario de Bruce Wayne recaudan el dinero del rescate, pasa a la página 51.

Un rehén ha sobrevivido por los pelos, pero todavía urge rescatar a los demás. No hay tiempo que perder. No, cuando aún hay gente en peligro. No, si Enigma sigue suelto.

«Pagará por todo esto», piensa Batman.

—Alfred, ¿quién fue la segunda persona secuestrada? —pregunta desde el Batmóvil.

—Esteban Caballero, el propietario de los Caballeros de Gotham. Un equipo de la liga profesional de béisbol —contesta el mayordomo.

«Umm», piensa Batman mientras examina el mapa de la ciudad.

—El Estadio de los Caballeros no está demasiado lejos —le dice el superhéroe a Alfred—. Empezaré a buscar por allí.

El Caballero Oscuro pisa a fondo el pedal de su Batmóvil y sale como un misil.

Pasa a la página 53.

¡EFWUUUUUUUSH!

De vuelta en el Batmóvil, Batman sale zumbando hacia los Jardines Botánicos Giordano.

A lo largo del trayecto, estudia el mapa de los jardines en la computadora del Batmóvil. Luego, solicita al ordenador que señale la localización exacta de la muestra de orquídeas.

El Batmóvil derrapa con un chirrido frente a los jardines. Batman sale de un salto y corre hacia el invernadero de las orquídeas. Se sorprende al comprobar que, incluso a esa hora de la madrugada, la puerta está abierta.

El Caballero Oscuro se cuela sigilosamente en el interior del recinto, sospecha que pueda haber alguna trampa preparada.

Se abre camino entre los especímenes de flores, hasta que finalmente encuentra la muestra de «Orquídeas Barco». Justo delante han dispuesto una pequeña zona abierta con bancos.

Allí encuentra atado a Tai.

El Caballero Oscuro sale de las sombras y se apresura para socorrer al rehén. A sus pies hay una maraña de cables. Algunos están conectados a una caja negra situada justo debajo de su asiento, otros se dirigen por detrás del banco hasta dos tiestos con flores. Han colocado las macetas a cada lado del banco donde está amarrado Tai.

«Se podrían tardar horas en desactivar esa bomba», piensa Batman.

Pasa a la página 50.

Pero solo cuenta con unos pocos minutos antes de que todo estalle.

Encuentra una nota en el regazo de Tai. Batman la recoge y lee:

¿QUÉ FLORES CRECEN SI PLANTAS BESOS?

Batman asume que una de las flores en las dos macetas tiene que ser la respuesta al acertijo de Enigma.

Si Batman se decide por los Tulipanes, pasa a la página 52.
Si Batman escoge las Pasionarias, pasa a la página 54.

—Batman, ¿estás ahí? —pregunta por tercera vez Alfred.

—Sí —contesta finalmente el Caballero Oscuro.

Contempla cómo se elevan las llamas frente a él. El estruendo de las sirenas y el resplandor de las luces despiertan a la ciudad durmiente, mientras los trabajadores de emergencias se apresuran hacia la escena.

—El peligroso percance sufrido por el Sr. Nakamura ha convencido a sus invitados de que lo mejor es recaudar todo el dinero necesario, y pagar el rescate del resto de rehenes de Enigma.

«Deben de estar asustados de que vuelva a fallar», piensa Batman.

Batman se siente derrotado, no ha conseguido proteger a la ciudad de un crimen horrible.

Como mínimo, reunir el dinero del rescate ha evitado un final trágico, aunque eso quiere decir que Enigma se ha salido con la suya...

Al menos por esta vez.

FIN

Para seguir otro camino, vuelve a la página 5.

«Tulipanes. *Tulips* suena como *two lips,* "dos labios" en inglés... tiene que ser la respuesta correcta», piensa Batman.

Se acerca y arranca los tulipanes del tiesto.

Nada.

No sucede nada... es decir que era la respuesta acertada.

Batman desata apresuradamente a Tai y le guía hasta el exterior del invernadero.

—Alfred, he rescatado a Tai —comenta Batman al micro.

—Vaya... al salvarle —dice Alfred—, parece que sus invitados se muestran menos dispuestos a pagar los rescates que exige Enigma.

—Entonces, será mejor que no falle al rescatar al resto de rehenes —responde el Caballero Oscuro.

—El segundo invitado raptado fue Esteban Caballero, propietario del equipo de béisbol Caballeros de Gotham —le informa Alfred.

El Caballero Oscuro esprinta hacia el Batmóvil a la vez que hablan.

Una vez en el interior, el superhéroe estudia un mapa de Gotham.

—El Estadio de los Caballeros no está lejos de aquí —dice Batman—. Empezaré por allí.

En el exterior del Estadio de los Caballeros, cerca de la entrada principal, hay una pantalla gigante. Durante los partidos, muestra el tanteo y también informa sobre eventos especiales, por ejemplo conciertos.

Pero esta noche, la pantalla muestra un mensaje de lo más extraño:

POR AQUÍ... HAY DEMASIADOS PÁJAROS SINIESTROS.

Obviamente, esa charada está pensada para Batman; al fin y al cabo, mucha gente confunde a los murciélagos con pájaros espeluznantes. Aparca el Batmóvil y contempla el mapa de la ciudad. No está seguro de si esa pista indica que debe entrar en el estadio o si, por el contrario, debe dirigirse a alguna otra localización. Se le ocurren varios lugares en los que Enigma podría estar ocultándose.

Si Batman entra en el Estadio de los Caballeros, pasa a la página 55.
Si Batman se dirige al campanario de la Torre del Reloj, pasa a la página 58.
Si Batman se encamina hacia el Asilo Arkham, pasa a la página 59.

«Los besos son apasionados, así que las pasionarias tienen que ser la respuesta correcta», piensa Batman.

Se acerca y arranca una pasionaria del tiesto.

Se oye un «clik».

¡Error!

El lío de cables a los pies de Sr. Nakamura comienza a soltar chispas y humo, parece que la bomba es defectuosa. De improviso, ¡arde en llamas!

Batman coge ágilmente el artefacto, lo envuelve con su capa ignífuga y extingue las llamas con ímpetu. Luego extrae cuidadosamente la bomba de forma segura.

Mientras espera a que lleguen los artificieros... Enigma sigue suelto y esta vez parece que se va a salir con la suya.

FIN

Para seguir otro camino, vuelve a la página 5.

El estadio parece la elección obvia. Especialmente, la zona de *bateadores*... ya que podría tratarse de un guiño a Batman. Después de saltar la verja exterior, el Caballero Oscuro se dirige directamente hacia allí.

Las lentes de visión nocturna de su capucha le permiten escudriñar la oscuridad. No hay rastro de que haya alguien y, exceptuando el trinar de los grillos y el zumbido eléctrico de las máquinas expendedoras, por lo demás reina el silencio. El lugar parece desierto.

—Alfred, no está en el estadio —dice el Caballero Oscuro.

—Solo quedan quince minutos para encontrar al Sr. Caballero —dice Alfred—. Nadie ha aportado dinero para su liberación.

Justo cuando Batman se da la vuelta para irse, los focos del estadio parpadean y se encienden. Se detiene en seco. Oye fuertes pisadas que atraviesan el césped a la carrera. Media docena de esbirros de Enigma le rodean esgrimiendo bates de béisbol.

«Era una trampa», piensa el Caballero Oscuro.

Batman entra en acción vertiginosamente.

¡EFWUUSH!

Un criminal le lanza un porrazo a la cabeza, pero Batman esquiva el batazo y le suelta una patada en el bajo vientre que casi le parte en dos.

Pasa la página.

Se le aproximan dos asaltantes más. Antes de que tengan tiempo de alzar sus bates y sacudir, Batman salta a la carga e impacta varios puñetazos contra sus mandíbulas.

Durante la melé, Batman advierte que el marcador del estadio ha iniciado la cuenta atrás.

Ahora ya quedan menos de catorce minutos.

«No tengo tiempo para esto», recapacita el superhéroe.

Todavía permanecen en pie tres secuaces, mientras los otros tres recuperan la verticalidad lentamente. Batman extrae un proyectil aturdidor de su Batcinturón y lo estampa contra el suelo.

¡BANG!

La detonación emite un flash deslumbrante y un estruendo ensordecedor. Todos los atacantes caen al suelo, cubriéndose el rostro. La capucha del Bat-traje protege los ojos de Batman del resplandor y amortigua el estrépito del estallido.

El Caballero Oscuro sale disparado como una bala y se dirige al Batmóvil. Cuenta con muy poco tiempo para encontrar al siguiente secuestrado.

Tiene un par de corazonadas sobre dónde podría hallarse: la Torre del Reloj y el Asilo Arkham.

Si Batman se dirige a lo alto de la Torre del Reloj, pasa a la página 57.
Si Batman decide desplazarse al Asilo Arkham, pasa a la página 59.

A lo mejor, con la expresión «demasiados pájaros siniestros», Enigma se refería a la numerosa población de murciélagos que habita en lo más alto de la Torre del Reloj.

La torre está situada en la punta opuesta de la ciudad y, sabiendo que el tiempo se agota, Batman pilota cruzando la noche a máxima velocidad.

Pasa a la página 63.

Con «pájaros siniestros», Enigma podría estar simplemente burlándose de Batman. No obstante, a pesar de no estar del todo seguro del porqué, la palabra «demasiados» induce al Caballero Oscuro a establecer una conexión con la Torre del Reloj en el sur de Gotham. Desde hace años, una numerosa población de murciélagos habita en lo más alto de la torre.

La torre está situada en la punta opuesta de la ciudad y, sabiendo que el tiempo se agota, Batman pilota atravesando la noche a la máxima velocidad.

Pasa a la página 63.

«Pájaros siniestros» podría ser una metáfora para referirse a «criminales dementes», y los enfermos mentales más peligrosos de Gotham terminan recluidos en el Asilo Arkham... Es más, Enigma pasó una temporada preso allí hace unos años. Sin duda, tiene que ser la posición del siguiente secuestrado.

***

Batman sale zumbando en su Batmóvil. Durante el trayecto, avisa por radio a la oficina de la institución para informar de su visita.

Las puertas de la verja exterior se abren para dejar paso al Batmóvil. Un guardia le recibe en la entrada.

—¿Qué celda ocupaba Edward Nygma cuando estuvo preso en este lugar? —pregunta Batman.

—¿Edward quién?

—Enigma —aclara Batman—, Edward Nygma es su *alter ego*.

—Sígame, por aquí.

Guía a Batman hasta la habitación que ocupaba Enigma. Conforme se acercan por el pasillo, advierten que alguien ha forzado el portón de la celda.

—Esto es realmente raro —comenta el guarda.

Él y Batman entran apresuradamente. En mitad de la celda, atado a una silla, encuentran a Esteban Caballero.

Pasa la página.

Batman repara en una pequeña nota doblada sobre el regazo del Sr. Caballero. La coge precipitadamente y lee:

ESTA CAJA NO TIENE TAPA, PERO ESCONDE
UN TESORO DORADO.

Pasa a la página 62.

Una maraña de cables yace a sus pies. El cableado conecta una caja negra, colocada bajo el asiento del Sr. Caballero, con una pequeña balanza situada justo enfrente. En uno de los platillos de la balanza hay un huevo, en el otro un monedero.

Batman supone que debe escoger uno de los dos objetos.

—Alfred ¿de cuánto tiempo disponemos? —pregunta Batman por el micrófono.

—Menos de diez minutos —recibe por respuesta.

Es imposible desactivar la bomba en ese lapso de tiempo. Además, Batman sospecha que si mueve al Sr. Caballero podría acabar detonando el artefacto explosivo.

El Caballero Oscuro tiene que tomar una decisión.

Si Batman escoge el huevo, pasa a la página 65.
Si Batman se decide por el monedero, pasa a la página 67.

Cuando llega a la Torre del Reloj, el Caballero Oscuro se infiltra por la puerta trasera. Las lentes de visión nocturna de su capucha le permiten ver en la oscuridad. Sube corriendo los escalones que llevan hasta el mecanismo del reloj.

Pero cuando llega hasta lo más alto, se queda decepcionado ante lo que encuentra.

Nada.

El polvo lo cubre todo, hace un siglo que nadie sube allí arriba.

En ese preciso instante, una explosión fulgurante alumbra el cielo nocturno. Se alza en dirección al Asilo Arkham.

La respuesta escogida para el último acertijo era errónea y una descomunal explosión destruye parte del asilo.

—Batman, ¿estás ahí? —pregunta Alfred con voz preocupada.

—Sí —contesta al fin Batman.

El superhéroe observa cómo las llamas se elevan al cielo. El estruendo de las sirenas y el resplandor de las luces despiertan a la ciudad durmiente, mientras los trabajadores de emergencias se apresuran hacia la escena.

—La policía me acaba de informar de que han encontrado al Sr. Caballero —dice Alfred—. Está sano y salvo. Además, sus invitados han reunido todo el dinero necesario para pagar el rescate del resto de secuestrados a Enigma.

«Aun así, he fracasado», se lamenta Batman.

Pasa la página.

A pesar de que el dinero ha evitado una tragedia, Batman siente que ha sido derrotado. Enigma ha escapado con millones de dólares que podrían haber ayudado a la Fundación Martha Wayne.

FIN

Para seguir otro camino, vuelve a la página 5.

«Un huevo no tiene tapa y su yema podría considerarse un *tesoro* dorado», reflexiona Batman.

Se decide por el huevo. Cuando lo coge, observa cómo el Sr. Caballero y el guarda hacen un gesto de dolor.

—Creía que «monedero» era la respuesta correcta —masculla el guarda.

—Yo también —contesta el Sr. Caballero. Un reguero de sudor gotea por su frente.

Batman observa que la balanza permanece inmóvil, sin vencerse hacia el platillo con el monedero. Entonces, advierte que el huevo que sujeta en la mano apenas pesa nada.

Lo alza a la luz para examinarlo mejor. A través de la cáscara translúcida, observa que en el interior hay un trocito de papel muy fino enrollado.

«¡Una pista!» piensa. Batman rompe la cáscara de huevo y desenrolla el trocito de papel:

TIENE BOCA PERO NO HABLA,
AUNQUE SE REPITE CON EL PUENTE.

«Umm…», piensa Batman. Deduce varias posibles soluciones para la primera parte del acertijo, pero el segundo interrogante le ha dejado sin respuestas.

—Alfred, ¿quién es el cuarto secuestrado? —pregunta por el sistema de comunicaciones de su capucha.

Pasa la página.

—Reynold Jardin, un empresario europeo —contesta Alfred.

«Eso no es de gran ayuda», rumia Batman. Pero tiene un par de ideas: tanto un río como una caverna... ambos tienen boca y no hablan.

Si Batman se dirige a la caverna más cercana, pasa a la página 68.
Si Batman decide encaminarse al río más próximo, pasa a la página 71.

«Un monedero no tiene tapa, pero sí monedas en su interior... algunas puede que incluso de oro», delibera Batman. Se decide y coge el monedero de la balanza.

En cuanto levanta el peso, la pesa se vence y deja caer el huevo del platillo opuesto.

¡CLIK!

«Vaya, "huevo" debía de ser la respuesta correcta... por su yema dorada», recapacita Batman instantes antes de que explote la bomba.

¡KA-BUUM!

Batman se protege con su capa ignífuga. El estallido destroza la habitación. El Caballero Oscuro sigue en pie cuando finalmente se despeja el humo, pero está lleno de cortes y moratones. Van a pasar varias semanas antes de que recupere su mejor forma física.

Y, mientras tanto, Enigma sigue libre.

FIN

Para seguir otro camino, vuelve a la página 5.

La Batcueva es la caverna más próxima. Para llegar hasta allí, Batman debe cruzar el Puente Robert Kane Memorial, en la punta noreste de Gotham. No sabe muy bien cómo encaja ese puente en el acertijo de Enigma, pero está seguro de que la primera parte de la adivinanza hace referencia a las cavernas al norte de la colosal estructura.

Solo un puñado de personas conocen la ubicación de la Batcueva. No obstante, forma parte de un complejo y vasto sistema de galerías subterráneas, famoso por refugiar ejemplares protegidos de murciélago moreno. Puede que Batman encuentre al siguiente rehén de Enigma en algún lugar entre el puente y las cavernas.

—Batman, ¿dónde andas? —Suena la voz de Alfred por los cascos de Batman.

—Llegando al Puente Kane —contesta Batman.

—Los invitados se están poniendo nerviosos —explica Alfred—. Quedan menos de quince minutos para salvar a *Monsieur* Jardin.

Mientras atraviesa velozmente el puente, Batman empieza a notar la presión acumulada.

Todavía no tiene la más mínima idea de qué quería decir exactamente la última pista de Enigma.

Y, encima, el tiempo se acaba.

Batman conduce a toda velocidad hasta el punto más cercano al emplazamiento de la mayor cueva abierta al público.

Escala apresuradamente por la ladera rocosa hacia la entrada de la caverna.

El superhéroe escruta el interior de la gruta con su dispositivo de visión nocturna. Está vacía. Ni siquiera hay murciélagos… deben de estar surcando el cielo nocturno en busca de insectos. Espera que ellos tengan más suerte que él con cierto criminal.

El Caballero Oscuro se da la vuelta para bajar de nuevo por la colina. Cuando se gira, ve un repentino destello de luz a lo lejos. Una explosión cerca del Puente Sprang ilumina el cielo nocturno.

—Batman —dice Alfred inquieto por los cascos de telecomunicaciones—. ¿Qué ha sucedido?

Silencio.

—Batman, ¿estás ahí? —pregunta Alfred.

—Sí —contesta al fin Batman.

El estruendo de las sirenas y el resplandor de las luces despiertan a la ciudad durmiente, mientras los trabajadores de emergencias se apresuran hacia la escena.

—Sus invitados se han puesto de acuerdo finalmente para reunir el dinero necesario, y liberar a los demás rehenes de Enigma.

Seguramente es un alivio para el resto de personas involucradas, pero no lo es para Batman.

«He fallado», se atormenta.

Pasa la página.

Puede que haya salvado varias vidas esa noche. Pero, aun así, Batman se siente derrotado. Enigma ha salido impune de sus crímenes... y ha escapado con millones de dólares que podrían haber servido para apoyar a la Fundación Martha Wayne.

FIN

Para seguir otro camino, vuelve a la página 5.

El río Sprang acoge la isla en la que se erigió el Asilo Arkham. El enorme río separa, con su curso de este a oeste, el tercio norte de la ciudad del resto de Gotham. Asimismo, varios puentes cruzan sus aguas.

Justo entonces, Batman tropieza de golpe con la solución al acertijo.

Si la respuesta a la primera parte del acertijo es «río»; entonces, la segunda parte «aunque se repite con el puente» tiene que hacer referencia al Puente Sprang.

Enigma debe tener retenido al Sr. Jardin en algún lugar cerca de la desembocadura del río Sprang, justo donde se encuentra el Puente Sprang.

Batman pisa a fondo el acelerador del Batmóvil. Apenas le queda tiempo para llegar desde los suburbios al oeste de Gotham hasta la costa oriental.

Situado junto al margen norte del Puente Sprang, hay un pequeño parque. Tras un rápido reconocimiento del área, el Caballero Oscuro ve una limusina verde aparcada bajo una farola.

Sus suposiciones eran acertadas.

Batman frena el Batmóvil a unos quince metros de la limusina.

Cuando se acerca, el superhéroe descubre que hay garabateada una frase con letras amarillas en el parabrisas: «Si dices mi nombre, ya no estoy».

Pasa la página.

Si dices mi nombre,
ya no estoy

«¿A qué se referirá?», duda Batman.

Rodea con cautela el automóvil. No distingue ninguna trampa a simple vista, aunque Enigma nunca tramaría un engaño demasiado obvio.

—Batman, ¿has encontrado ya al Sr. Jardin? —consulta Alfred a través de los auriculares—. Los invitados se están poniendo nerviosos. Tengo miedo de que intenten marcharse.

Batman sabe que si alguno de los invitados abandona el lugar antes de completar la partida de Enigma, podría suceder algo realmente trágico.

Si Batman responde que ha encontrado al Sr. Jardin, pasa a la página 76.
Si Batman se asegura de que el Sr. Jardin está dentro del coche, pasa a la página 74.

Batman está seguro de que el Sr. Jardin está en la limusina verde. Además, le preocupan las posibles consecuencias de no contestar a Alfred, ningún invitado debería marcharse antes de dar por concluidas las fechorías de Enigma. Pero, en ese preciso instante, da con la solución a la adivinanza garabateada en el parabrisas.

«Silencio», esa es la respuesta. Si lo dices, digas lo que digas, deja de haber silencio.

Batman se pone en movimiento a toda prisa.

Teme que el más mínimo ruido (el ulular de un búho, la sirena de un remolcador o el chasquido de un zapato) active la trampa de Enigma.

Abre lentamente la puerta trasera de la limusina, asegurándose de no hacer el más mínimo ruido. Parece que han engrasado las puertas a conciencia para evitar cualquier chirrido.

Dentro del automóvil, el Sr. Jardin está atado y estirado en el suelo, le han amordazado con cinta de embalar.

Se gira hacia Batman e intenta mascullar algo a través de la cinta, pero Batman le silencia colocándole un dedo sobre los labios. Nunca se es lo suficientemente precavido en una situación como esa.

Batman ayuda al Sr. Jardin a salir del coche todo lo cuidadosa y sigilosamente que le es posible.

Una vez a salvo y lejos de la limusina verde, el Caballero Oscuro arranca la cinta que cubre la boca del Sr. Jardin.

—Batman, me han encargado que te diga lo siguiente: «mis hijos cuando roban, son grandes ladrones» —dice entre dientes *Monsieur* Jardin.

—¿Lo son de verdad? —pregunta Batman.

—No, yo no tengo hijos —revela el Sr. Jardin—. Pero esos hombres con camisetas verdes me ordenaron que te lo dijera.

—Alfred, he rescatado al rehén —dice el Caballero Oscuro.

—Me aseguraré de informar al resto de asistentes —contesta Alfred—. Están empezando a amotinarse. Batman, será mejor que encuentres al último secuestrado cuanto antes.

Batman piensa durante un rato. La pista revela que cuando los hijos *imaginarios* del Sr. Jardin se dedican a robar... son grandes ladrones.

«Sr. Jardin...», recapacita.

Una vez dentro del Batmóvil, teclea el nombre en la computadora. El apellido «Jardin» podría ser una pista que apunta hacia algún tipo de jardín; aunque, tratándose de un empresario francés, en ese idioma «Jardin» también puede traducirse como «parque».

El Jardín Botánico Wayne es el más grande de Gotham. Mientras que, por otro lado, el mayor parque de la ciudad es el Parque Robinson.

Si Batman conduce hasta el Jardín Botánico Wayne, pasa a la página 81.
Si Batman corre al Parque Robinson, pasa a la página 77.

Batman cree que el Sr. Jardin está en la limusina verde. Pero teme las posibles consecuencias si sus invitados abandonan el salón de la Torre Wayne antes de que concluya el juego de Enigma. Ya ha visto algunas de las bombas que Enigma ha amarrado a los rehenes, y supone que los dos últimos se encontrarán en una situación similar. Enigma podría detonar los explosivos y matar a dos personas… o, si alguien se marcha del evento, puede incluso causar una tragedia mucho mayor.

Batman decide advertir a Alfred para que remedie ese peligro:

—Alfred, tengo…

Pero sus palabras rompen el silencio y…

¡KA-BUUM!

Antes de poder completar su respuesta, una explosión sacude violentamente la limusina. El estallido envuelve el automóvil en una bola de fuego y los fragmentos de metal y plástico vuelan por los aires.

—Señor, ¿se encuentra usted bien? —pregunta la voz temblorosa de Alfred por los auriculares.

No obtiene ninguna respuesta.

Finalmente, el Caballero Oscuro responde:

—Estoy bien, Alfred... Conmovido pero entero. Voy de regreso a la Batcueva. Enigma ha ganado… al menos de momento.

FIN

Para seguir otro camino, vuelve a la página 5.

Inesperadamente, a Batman se le ocurre la respuesta.

«Umm, cuando roban... son grandes. *Roban-son* tiene que referirse a *Robinson*. ¡El gran Parque Robinson!», discurre el Caballero Oscuro.

El Caballero Oscuro acelera en la noche y el Batmóvil cruza apresuradamente Gotham.

Cuando llega al parque, Batman no está muy seguro de qué debe buscar. Aunque siempre que se ha desplazado hasta el lugar correcto, los rehenes de Enigma estaban a la vista.

Sin embargo, minuto a minuto, el Caballero Oscuro se queda sin tiempo.

Pasa a la página 79.

Batman distingue algo muy extraño cerca del centro del parque: un gran globo verde con forma de signo de interrogación. Está amarrado a un hombre que se yergue solitario en mitad del parque.

Batman se acerca a toda velocidad.

—¿Se encuentra usted bien? —le pregunta.

El hombre menea la cabeza vigorosamente:

—Sí.

Batman camina alrededor, buscando signos de una bomba o cables. Esperando encontrar algún tipo de trampa, pero nada.

—¿Te dijeron que hicieras o dijeras algo? —pregunta Batman.

—No, solo que me quedara quieto... O saltaría por los aires.

«Umm», piensa Batman. «No me sorprendería que Enigma le hubiera dicho eso solo para tomarle el pelo.»

Tira de las cuerdas que mantienen atado al hombre.

—Pero oiga, ¿qué está haciendo?

Por sorpresa, se oye un gran ¡POP! cuando explota el globo. De dentro cae un papelito y Batman lo recoge. La nota dice:

TIENE RÍOS SIN AGUA, BOSQUES SIN ÁRBOLES
Y CIUDADES SIN EDIFICIOS.

—Alfred, he rescatado al último de los invitados secuestrados —dice por el micrófono en la capucha.

—Entonces, ¿le digo al resto que ya pueden marcharse de forma segura? —pregunta Alfred.

Pasa la página.

—No, todavía no —replica Batman—. Aún queda un acertijo más, así que el juego de Enigma todavía no ha terminado.

Batman se dirige al Batmóvil. Está seguro de la respuesta al último acertijo, al fin y al cabo lleva toda la noche enfrente de la respuesta. En el monitor, contempla el mapa de Gotham.

Marca todos los lugares donde ha encontrado a los secuestrados. Los puntos forman un redondel y en el centro está Old Gotham, un barrio peligroso de la ciudad donde suelen esconderse los criminales.

Quizá también debería incluir el punto de la Torre Wayne en el mapa, ya que Enigma estuvo allí esta noche. Pero entonces el patrón punteado sobre el callejero esbozaría algo parecido a una piruleta.

Si Batman considera que su siguiente pista es una circunferencia, pasa a la página 84.
Si Batman supone que su siguiente pista tiene forma de piruleta, pasa a la página 87.

¡BROOOOM!

Batman sale a toda velocidad hacia el Jardín Botánico. No está seguro de qué significa el acertijo de Enigma; en concreto, lo referente a los hijos del Sr. Jardin siendo unos ladrones... Pero ha comprendido que los rehenes no fueron escogidos al azar, forman parte de las pistas que ha seguido. Así que, basándose en la pista del apellido Jardin, decide registrar el mayor jardín de la ciudad.

***

Momentos más tarde, el Batmóvil derrapa frente al Jardín Botánico Wayne. Batman lo conoce muy bien porque está dedicado a su *alter ego.*

El Caballero Oscuro sale del Batmóvil y se dirige a la puerta trasera del edificio principal. Está cerrada con llave.

Batman conoce el código de seguridad, pero decide no utilizarlo. Podría dejar al descubierto que Bruce Wayne ha visitado el recinto. No puede comprometer su identidad secreta... incluso aunque eso complique todavía más las cosas.

El Caballero Oscuro se palpa el Batcinturón que lleva repleto con decenas de armas y aparejos de alta tecnología. Extrae una pequeña cápsula blanda de uno de los compartimentos del cinturón.

Pasa la página.

Batman aplasta la cápsula contra el teclado. La sustancia plástica brilla con tonos rojizos y el Caballero Oscuro retrocede rápidamente. Se protege la cara con su capucha ignífuga.

¡KA-BLAM!

El componente químico estalla, destruyendo el teclado de seguridad y abriendo la puerta del jardín.

Durante el trayecto hasta el Jardín Botánico, Batman ha estado discurriendo acerca de qué tipo de planta anhelaría robar un ladrón. Entonces recordó el yate en el Puerto Deportivo Roger's: La Orquídea.

El Jardín Botánico Wayne expone orquídeas doradas en uno de sus invernaderos. Esa planta tiene una historia interesante, ya que un alquimista pensó en su día que eran el ingrediente clave para transformar en oro las piedras comunes. El oro también formaba parte de una pista previa, la que hacía referencia a la yema del huevo.

Tiene la esperanza de estar siguiendo la pista correcta.

Cuando Batman llega hasta donde están las orquídeas doradas, se sorprende al no encontrar nada ni a nadie.

Se interna entre las plantas en busca de pruebas de la presencia de alguien allí.

Nada.

Y entonces lo comprende... «Mis hijos cuando roban, son grandes ladrones», piensa. «Claro, *roban-son* se refería a Robinson.»

Está en el lugar equivocado. Ya es demasiado tarde, no hay forma de llegar hasta la otra ubicación a tiempo. De momento, Enigma es el vencedor.

FIN

Para seguir otro camino, vuelve a la página 5.

Batman sale zumbando en el Batmóvil. Utiliza la computadora para calcular el centro exacto del círculo que ha trazado con las posiciones de los secuestrados.

Conduce hasta un edificio verde con un escaparate sobre el que se lee «Tienda de Bromas».

«Este podría ser el lugar correcto», piensa.

Aparca el Batmóvil fuera de la vista. Luego camina por los callejones hasta la puerta trasera, está cerrada. Usando una ganzúa de su Batcinturón, fuerza la cerradura de la puerta.

En el interior, reina el silencio. Está vacío y el polvo lo cubre todo. Telas de araña llenan las esquinas.

Camina hasta el centro de la tienda. Encuentra un folio doblado en el suelo que parece demasiado nuevo como para encajar en ese entorno.

La recoge, lo desdobla y lee la anotación: HACE PREGUNTAS PERO NUNCA LAS RESPONDE, ¿QUÉ ES?

«¡No me puedo creer que haya fallado!» La solución se hace evidente en su mente.

Regresa como un rayo al Batmóvil.

Dejándose caer pesadamente en el asiento del conductor, contempla de nuevo el mapa del monitor. El símbolo no era ni un círculo ni una piruleta, sino un signo de interrogación. Empleando las localizaciones de los invitados raptados y la Torre Wayne, la silueta en la pantalla forma más o menos un signo de interrogación.

«Y el punto del signo de interrogación cae aproximadamente en Tricorner Yards», piensa.

Batman se dirige a toda velocidad a Tricorner Yards, un muelle de carga en la costa sur de Gotham.

Se tira el resto de la noche rastreando el área en busca de pruebas. Cerca del amanecer, encuentra un trozo de papel pegado a un camión de carga. En la nota pone: ¿QUÉ MISTERIO SE HA BURLADO CON HIJOS POCOS CHISTOSOS?

«Umm», recapacita Batman. «Los acertijos podrían considerarse hijos del misterio y, desde luego, esta noche no han resultado nada divertidos.»

Entonces, Batman maldice enojadísimo.

«¡Enigma!», gruñe. «Enigma ha conseguido burlarse de mí con sus acertijos.»

Aunque puede que esa noche Enigma haya logrado escapar, por lo menos Batman tiene el consuelo de haber salvado varias vidas humanas.

Quizá la próxima vez, no se deje engañar por las adivinanzas de Enigma.

FIN

Para seguir otro camino, vuelve a la página 5.

Mirando el mapa fijamente, una idea cruza repentinamente la mente de Batman. El globo con forma de interrogante que llevaba atado el rehén contenía el acertijo con la respuesta «mapa»... y el emblema de Enigma es un signo de interrogación. Quizá, las localizaciones sobre el mapa no indican una piruleta, ¡sino un interrogante! Si se elimina la línea que une el Asilo Arkham y el Parque Robinson, los lugares forman un signo de interrogación.

Y...

El punto de la interrogación cae justo en Tricorner Yard, en la costa sur de Gotham.

Batman pisa el acelerador y sale a toda velocidad.

Batman no está seguro de cuánto tiempo tiene. No sabe si Enigma está al corriente de que ha salvado al último rehén, ni si le han advertido que Batman se dirige directo hacia él. Quizá, dada su arrogancia, Enigma ni siquiera sospecha que el Caballero Oscuro sea capaz de resolver sus acertijos.

Cuando llega a los alrededores de los muelles, Batman apaga los faros del bólido y lo configura en modo visión-nocturna. Una vez en el depósito de carga, aparca el coche en las tinieblas y registra la zona a pie. Encuentra la limusina verde frente a un camión de carga. Cuatro de los esbirros de Enigma parlotean y cargan material informático en el maletero.

—Date prisa —dice uno de ellos—. Enigma está enfadadísimo porque no ha sacado ni un centavo con los secuestros.

Pasa la página.

—Entonces, ¿nos quedamos sin cobrar? —pregunta otro delincuente.

—¿A quién le toca llevarle de vuelta a la base? —duda un tercer esbirro alterado.

—¡Ay! —aúlla de repente el cuarto criminal, cuando Batman lo deja seco de un golpetazo por la espalda.

Uno de los matones se lanza a la carga, pero Batman le da una patada en el mentón y el tipo cae noqueado al suelo.

Sus dos compinches se dan la vuelta y huyen a la carrera. Batman coge dos Batarangs de su Batcinturón, los proyectiles tienen conectado un cable. Lanza primero uno y luego el otro contra los dos delincuentes a la carrera. Los Batarangs giran raudos alrededor de los dos tipos, amarrándolos con los cables y tirándolos al suelo.

A continuación, Batman camina hasta la limusina y se mete en el asiento del conductor. La mampara está cerrada, de modo que Enigma no puede ver quién se sienta en el asiento delantero.

Inmediatamente, una voz chillona brama por un altavoz: —¿Qué os ha llevado tanto tiempo, imbéciles? Tenemos que irnos ya... no vaya ser que Batman resuelva mi ultima pista.

—Ya partimos —dice Batman intentando disimular su voz.

—Muy bien, llévame al cuartel general —ordena Enigma.

—Por supuesto, jefe —contesta Batman.

Batman revoluciona el motor y sale a toda velocidad de Tricorner Yards.

La Comisaria Central del Cuerpo de Policía de Gotham no está demasiado lejos, así que se dirige directamente hacia allí.

Batman conduce hasta la puerta frontal de la base central de policía. Sale del automóvil, se apresura a dar la vuelta al coche y abre la puerta trasera para que salga Enigma.

Enigma sale confuso, mirando el símbolo del cuerpo de policía sobre su cabeza.

—Este no es mi cuartel general… —empieza a decir. Luego se da la vuelta para comprobar quién le ha abierto la puerta—. ¡Oh!

Batman sujeta a Enigma por los brazos y le conduce al interior para que sea arrestado.

FIN

Para seguir otro camino, vuelve a la página 5.

BATMAN
+10 FINALES POSIBLES

¡ES TU TURNO PARA SER UN SUPERHÉROE!

Y AHORA, PASA LA PÁGINA PARA LEER EL PRIMER CAPÍTULO DE

EL EJÉRCITO DEL JOKER

Batman patrulla por Gotham, pero no por las calles seguras de la ciudad. El Caballero Oscuro se adentra en lugares que la gente de bien tiene miedo a pisar, especialmente cuando oscurece.

Esta noche, Batman va en busca de un infame villano en particular: ¡el Joker! El Príncipe Payaso del Crimen se ha fugado del Asilo Arkham para Criminales Dementes. Los doctores y oficiales de seguridad de la institución son expertos en tratar con criminales dementes peligrosos como el Joker. Sin embargo, aun así el Príncipe Payaso del Crimen ha conseguido fugarse.

—No hay forma de predecir los actos del Joker... pero, haga lo que haga, no será bueno para los ciudadanos de Gotham —murmulla Batman mientras se posa en lo alto de un edificio. Nuestro héroe escanea las calles a sus pies con su dispositivo de visión nocturna.

Movimientos sospechosos atraen la atención del Caballero Oscuro. ¡Batman entra fugazmente en acción! **¡ZIIIT!**

La Batcuerda sale disparada serpenteando, propulsada por un pequeño lanzador de mano. El gancho en su extremo queda bien sujeto a la repisa de un edificio cercano. Batman se aferra al lanzador y salta desde lo alto de la cornisa.

Sus botas caen sobre un trío de ladrones a la carrera, que acaban tirados en la acera al tiempo que el botín desaparece volando de sus manos.

—¡Jajajaja! —se carcajean.

—Esto no tiene gracia —dice Batman levantando del suelo a los criminales. En ese instante, por fin contempla sus rostros.

¡Batman se topa de frente con tres extrañas réplicas del Joker! Sonrisas pintarrajeadas de oreja a oreja, piel blanca como la tiza y el pelo de un tono verde espantoso.

—No son criminales. No son más que ciudadanos normales bajo los efectos del gas de la risa del Joker —razona Batman—. Está usando a gente inocente como vasallos involuntarios.

Batman ata a los tres a una farola cercana, justo cuando llegan a la escena los coches de la policía. El comisario James Gordon sale de uno de los vehículos.

—Ya es el quinto incidente de esta noche —le comenta Gordon al Caballero Oscuro—. El Joker está propagando por toda la ciudad su nefasto sentido del humor.

Llega una ambulancia y ayudan a entrar a las víctimas, incapaces de controlar la risa tonta.

—Menos mal que el Hospital General de Gotham tiene reservas del antídoto que nos proporcionaste, Batman —dice Gordon—. Todos volverán a su estado normal en pocas horas.

—Hasta que no atrapemos al Joker, nada volverá a ser normal en la ciudad —advierte el Caballero Oscuro.

Repentinamente, las radios de los coches patrulla resuenan al unísono. Todos los informes explican lo mismo: ¡Más bandidos con cara de Joker cometen crímenes por todo Gotham!

—Parece que tus predicciones se hacen realidad, Batman, —dice Gordon—. Mis oficiales estarán ocupados arrestando delincuentes toda la noche.

—Ese es justo el plan del Joker —revela Batman—. Esta ola de crímenes no es más que una maniobra de distracción.

—¿Cuál es entonces su verdadero objetivo? —pregunta el comisario Gordon.

—Eso es justo lo que debo averiguar antes de que sea demasiado tarde. Conociendo al Joker, seguro que tiene algo espectacular escondido bajo la manga —contesta Batman.

El Caballero Oscuro proyecta la Batcuerda hacia el tejado de un edificio adyacente, sale disparado hacia arriba y desaparece en la noche.

—Buena suerte —le despide el comisario Gordon al ver partir al Caballero Oscuro—. Creo que la ciudad de Gotham la va a necesitar.

Batman se agazapa en una cornisa en las alturas. En esta ocasión no escanea la ciudad, sino que estudia la diminuta pantalla de ordenador. El dispositivo tiene conexión con la Batcomputadora de la Batcueva. El Caballero Oscuro introduce datos, en busca de un patrón en los informes policiales.

La terminal muestra un mapa de Gotham con tres puntos rojos que señalan la localización de los crímenes del Joker.

Los puntos azules indican otras actividades criminales. Tres puntos azules aparecen ante el Mejor Detective del Mundo.

—Uumm. Alguien se ha colado en la Depuradora de Agua de Gotham, hay un robo en proceso en el Museo de Gemas y… espera… ¿han secuestrado a Bruce Wayne? —resopla Batman.

El Caballero Oscuro sabe que el Joker es responsable de, como mínimo, uno de estos tres incidentes. La depuradora suministra agua a toda la ciudad, si el Joker la contamina…

El Museo de Gemas tiene en exposición una colección de naipes de oro, incluyendo un jóker… Y, aunque Batman es la identidad secreta de Bruce Wayne, alguien ha sufrido un secuestro.

Batman debe escoger qué crimen va a investigar… ¡y debe decidirse rápido!